TROIS TABLEAUX

Par P.-P. RUBENS

ET

DEUX TABLEAUX

Par WOUWERMAN et DAVID TENIERS

CATALOGUE

DE

TROIS TABLEAUX

PAR

P.-P. RUBENS

PROVENANT DE LA

Collection de feu Madame la Comtesse de B.

ET DE

DEUX TABLEAUX

PAR

PH. WOUWERMAN; DAVID TENIERS

Provenant de la Collection de M. Sch.

VENTE HOTEL DROUOT, Salle N° 5

Le Lundi 10 Avril 1876

A deux heures très-précises.

COMMISSAIRES-PRISEURS

M° CHARLES PILLET | M° DARRAS

10, rue de la Grange-Batelière.   17, rue Bergère.

EXPERT

M. FÉRAL, 54, rue du Faubourg-Montmartre.

EXPOSITIONS :

PARTICULIÈRE | PUBLIQUE

Le Samedi 8 Avril 1876. | *Le Dimanche 9 Avril 1876.*

de 1 heure à 5 heures.

CONDITIONS DE LA VENTE

Elle sera faite au comptant.

Les adjudicataires payeront *cinq pour cent* en sus des enchères.

Paris. — Typ. Pillet fils aîné, 5, rue des Grands-Augustins.

DÉSIGNATION

RUBENS

(PIERRE PAUL)

1. *Le Mage grec.*

Vieillard à longue barbe blanche, il est revêtu
d'un large manteau brodé d'or et tient dans
ses mains la coupe remplie de l'or qu'il vient
offrir.

Figure à mi-corps.

Bois. Haut., 65 cent.; larg. 5o cent

Cette figure et les deux suivantes ont été

peintes par Rubens , d'après nature.

Ces trois superbes peintures, qui sont entiè-
rement de la main du maître et de sa plus belle
époque, ne sont jamais sorties de la noble fa-
mille pour laquelle Rubens les a exécutées.

La conservation de ces trois chefs-d'œuvres
est parfaite.

RUBENS

(PIERRE PAUL)

2. *Le Mage asiatique.*

Vu de profil, la barbe et les cheveux, les épaules couvertes d'un manteau rouge à frange d'or, il tient, à demi-ouvert, le vase contenant l'encens.

Figure à mi-corps.

Bois. Haut., 65 cent.; larg., 5o cent.

RUBENS

(PIERRE PAUL)

3. *Le Mage d'Ethiopie.*

Il est coiffé d'une sorte de turban qui enca-
dre son noir visage et tient dans ses mains
le coffret qui renferme la myrrhe.

Figure à mi-corps.

Bois. Haut., 65 cent.; larg., 5o cent.

TENIERS

(DAVID LE JEUNE)

4. *Fête flamande.*

Des paysans se divertissent dans la cour d'une guinguette au-dessus de la porte de laquelle flotte un drapeau.

Les uns sont assis ou causent debout près d'une barrière en planche, à l'ombre d'un grand arbre. Un couple danse au son d'une musette dont joue le ménétrier monté sur un tonneau. Près de là, une femme assise à terre joue avec son enfant ; à côté d'elle, un homme vu de dos et étendu.

Au premier plan à gauche, six paysans sont attablés. Un jeune paysan en chemise blanche cherche à embrasser l'une des convives.

Excellente composition d'environ 40 figures.

Signé en toutes lettres.

Cuivre. Haut., 50 cent.; larg., 65 cent.

WOUWERMAN

(PHILIPS)

5. *Prise d'une ville.*

A gauche, on aperçoit la ville en flammes, et des torrents de fumée se répandent dans le ciel. Au centre, un groupe de cavaliers ; l'un d'eux s'est emparé d'une femme qui se débat ; plusieurs prisonniers implorent la pitié du vainqueur ; des objets de toute sorte ont été apportés et posés à terre. A droite, une femme et un enfant se lamentent sur le corps d'un homme. Des soldats et des paysans se répandent dans toutes les directions.

Très-beau tableau, décrit dans Smith, n° 257.

Signé du monogramme.

Collections de M. Valkenburg.
—   Casset.
—   La Malmaison.
—   Boursault.

Bois. Haut., 43 cent. ; larg., 72 cent.